SIX CONTES DE MAUPASSANT

Especially adapted for intermediate students

R. de Roussy de Sales

National Textbook Company
a division of *NTC Publishing Group* • Lincolnwood, Illinois USA

Published by National Textbook Company, a division of NTC Publishing Group.
© 1994, 1987, 1974 by NTC Publishing Group, 4255 West Touhy Avenue,
Lincolnwood (Chicago), Illinois 60646-1975 U.S.A.
All rights reserved. No part of this book may be reproduced, stored
in a retrieval system, or transmitted in any form or by any means,
electronic, mechanical, photocopying, recording or otherwise, without
the prior permission of NTC Publishing Group.
Manufactured in the United States of America.

3 4 5 6 7 8 9 0 ML 9 8 7 6 5 4 3 2 1

Preface

Anatole France said of Maupassant: *"Il est le grand peintre de la grimace humaine."* Few visual artists have been able to depict the reality of that grimace with the precision of Maupassant in his verbal *tableaux*, the *Contes*. With frequent irony and an almost clinical eye for detail, he scrutinized and dissected the motives of the peasants and *bourgeois* whom he met during his lifetime. The pungent realism of Maupassant's characters transcends the nineteenth century setting in which they are placed, and his characterizations continue to reflect the psychology of men and women living today. This psychological accuracy combined with a unique talent for the unexpected in his plots have made Maupassant one of the most popular storytellers in French literature.

    Like his friend and advisor, Flaubert, Maupassant prided himself on the clean precision of his style. In this edition, six of Maupassant's most widely read short stories have been thoroughly annotated so that they may be read, enjoyed, and discussed by intermediate students of French. It is hoped that, with the language aids provided here, students will be able to appreciate the qualities in Maupassant's works which have attracted thousands of readers—not only in France but throughout the world.

R. DE ROUSSY DE SALES

Guy de Maupassant
(1850-1893)

Aucun écrivain français n'a surpassé Guy de Maupassant dans l'art d'écrire des contes; les siens sont d'une perfection toute classique. Il est vrai qu'il a eu pour maître un très grand écrivain: Gustave Flaubert, l'auteur de *Madame Bovary*.

Né au château de Miromesnil, près de Dieppe en Normandie, Maupassant a fait ses études au séminaire d'Yvetot, puis au lycée de Rouen. Il passait souvent ses dimanches chez Flaubert, à sa propriété de Croisset, près de Rouen. Flaubert était un ami de sa mère.

Pendant la guerre de 1870, Maupassant est mobilisé et fait campagne comme simple soldat dans les gardes mobiles. Ensuite, il vient à Paris et obtient une place de petit employé au ministère de la Marine, et ensuite au Ministère de l'Instruction publique. C'est là qu'il a pu observer ses collègues bureaucrates et trouver le matériel pour écrire plusieurs de ses contes, tels que *La Parure*. Sous la direction de Flaubert qui lui corrigeait ses épreuves, Maupassant se met à écrire des contes pour les journaux. *Boule de Suif,* publié en en 1880, est son premier gros succès. De 1880 à 1891, il écrit près de trois cents contes et six romans.

Pendant les dernières années de sa vie, Maupassant sent qu'il perd la raison. Son frère, Hervé, est déjà devenu fou et maintenant Guy aussi est en proie à des hallucinations. Finalement, interné dans la maison de santé du docteur Blanchard, il y meurt en juillet 1893.

Table des matières

Le Vieux	1
La Confession	7
Une Page d'histoire inédite	12
La Parure	20
Le Voleur	29
La Ficelle	34

Le Vieux

par Guy de Maupassant

Le tiède soleil d'automne tombait dans la cour de ferme. Sous le gazon° tondu° par les vaches, la terre, imprégnée de pluie récente, était moite,° enfoncait° sous les pieds avec un bruit d'eau; et les pommiers chargés de pommes semaient° leurs fruits d'un vert pâle dans le vert foncé du gazon.

gazon tondu, herbe coupée courte

moite, humide
enfoncer (to sink)
semaient, répandaient sur la terre

La barrière s'ouvrit; un homme, âgé de quarante ans peut-être, mais qui semblait vieux de soixante, ridé° marchait à grands pas lents alourdis° par le poids de lourds sabots° pleins de paille.

ridé (wrinkled)

alourdis, rendus lourds
sabot, chaussure de bois

Une paysanne sortit de la maison. Une jupe grise, trop courte, tombait jusqu'à la moitié des jambes, cachées en des bas bleus, et elle portait aussi des sabots pleins de paille.

L'homme demanda: "Comment va-t-il?"

La femme répondit: "M'sieu le curé dit que c'est la fin, qu'il ne passera point la nuit".°

il ne passera pas la nuit, il ne durera pas jusqu'au matin

Ils entrèrent tous deux dans la maison.

Après avoir traversé la cuisine, ils pénétrèrent dans la chambre, basse, noire, à peine éclairée. Les grosses poutres° du plafond, brunies par le temps, traversaient la pièce, portant le mince plancher du grenier où couraient, jour et nuit, des troupeaux de rats.

poutre (beam)

Le sol de terre, humide, semblait gras, et, dans le fond de l'appartement, le lit faisait une tache vaguement blanche. Un bruit régulier, rauque,° une respiration dure, râlante,° sifflante, avec un gargouillement° d'eau comme celui que fait une pompe brisée, partait du lit où agonisait un vieillard, le père de la paysanne.

Le gendre dit: "Cette fois, c'est fini, il n'ira pas seulement à la nuit."

La femme reprit: "C'est depuis midi qu'il gargotte° comme ca".

Puis ils se turent. Le père avait les yeux fermés, le visage couleur de terre, si sec qu'il semblait de terre.

Le gendre,° après un long silence, prononça: "Il n'y a qu'à le laisser finir. Nous n'y pouvons rien.° Tout de même, c'est dérangeant° pour les cossards,° vu que le temps est bon, qu'il faut repiquer° demain".

Sa femme parut inquiète à cette pensée. Elle réfléchit quelques instants, puis déclara: "Puisqu'il va passer,° on ne l'enterrera pas avant samedi; tu auras bien demain pour les cossards."

Le paysan méditait; il dit: "Oui, mais demain il faudra que j'invite pour l'enterrement. Ça me prendra bien cinq ou six heures pour aller de Trouville° à Manetot chez tout le monde."

La femme, après avoir médité deux ou trois minutes, prononça: "Il est à peine trois heures, et tu pourras commencer la tournée° cette nuit et faire tout le côté de Trouville. Tu peux bien dire qu'il a passé, puisqu'il ne peut même pas durer toute l'après-midi."

L'homme demeura quelques instants perplexe, considérant les conséquences et les avantages de l'idée. Enfin, il déclara: "J'y vais."

Il traversa la cour et s'éloigna dans la direction de Trouville.

Restée seule, la femme se mit à la besogne.° Elle découvrit la huche° à la farine et prépara la pâte aux douillons.° Elle la pétrissait° longuement, la tournant et la retournant, la maniant, l'écrasant, la broyant.° Puis elle en fit une grosse boule d'un blanc jaune qu'elle laissa sur le coin de la table.

Alors elle alla chercher les pommes et grimpa aux arbres par le moyen d'un escabeau.° Elle choisissait les fruits avec soin, pour ne prendre que les plus mûrs, et les entassait° dans son tablier.°

rauque (harsh)
râlant (gasping)
gargouillement, bruit que fait quelquefois un liquide dans la gorge.

gargotte, gargouille

gendre, époux de la fille
Nous n'y pouvons rien, nous ne sommes pas capables de faire quelque chose
dérangeant, inconvénient
cossards, semailles (sowing)
repiquer, replanter
Puisqu'il va passer, puisqu'il va mourir

Trouville, ville sur la côte normande, près de Deauville

tournée, voyage à itinéraire déterminé

besogne, travail
huche, grand coffre de bois
douillon (apple dumpling)
pétrir (to knead)
la broyant, l'écrasant

escabeau, chaise sans dossier
entasser, mettre les uns sur les autres
tablier (apron)

Une voix l'appela du chemin: "Ohé, madame Chicot!"
Elle se retourna. C'était un voisin, maître Osime Favet, le maire. Elle se retourna et répondit: "Qu'est-ce qu'il y a pour votre service, maître Osime?"

"Et le père, où est-ce qu'il en est?"° où est-ce qu'il en est? (How is he doing?)

Elle cria: "Il est quasiment° passé. C'est samedi l'enterrement, à sept heures, vu les cossards qui pressent". quasiment, à peu près

Le voisin répliqua: "Entendu, Bonne chance! Portez-vous bien".

Elle répondit à sa politesse: "Merci, et vous de même."

Puis elle se remit à cueillir ses pommes.

Aussitôt qu'elle fut rentrée, elle alla voir son père, s'attendant à le trouver mort. Mais dès la porte, elle distingua son râle bruyant et monotone et, jugeant inutile d'approcher du lit pour ne pas perdre de temps, elle comença à préparer les douillons.

Elle enveloppait les fruits, un à un, dans une mince feuille de pâte, puis les alignait au bord de la table. Quand elle eut fini quarante-huit boules, rangées par douzaines l'une devant l'autre, elle pensa à préparer le souper, et elle accrocha° sur le feu sa marmite° pour faire cuire les pommes de terre. accrocher, suspendre à un crochet
marmite (pot)

Son homme rentra vers cinq heures. Dès qu'il eut franchi° le seuil,° il demanda: "Est-ce fini?" franchir, traverser
seuil, marche devant une porte

Elle répondit: "Point encore; ça gargouille toujours."

Ils allèrent voir. Le vieux était absolument dans le même état.

Son gendre la regarda, puis il dit: "Il finira sans qu'on y pense, comme une chandelle."° chandelle, bougie (candle)

Ils entrèrent dans la cuisine et, sans parler, se mirent à souper. Quand ils eurent avalé la soupe, ils mangèrent encore une tartine° de beurre, puis, aussitôt les assiettes lavées, rentrèrent dans la chambre de l'agonisant. tartine, tranche de pain beurré

La femme, tenant une petite lampe à mèche° fumeuse, la promena devant le visage de son père. S'il n'avait pas respiré, on l'aurait cru mort assurément. mèche (wick)

Le lit des deux paysans était caché à l'autre bout de la chambre dans une espèce d'enfoncement. Ils se couchèrent sans dire un mot, éteignirent la lumière, et bientôt deux ronflements° inégaux, l'un plus profond, l'autre plus aigu, accompagnèrent le râle ininterrompu du mourant. ronflement, un certain bruit de la gorge que l'on fait en dormant

Les rats couraient dans le grenier.

Le mari s'éveilla dès les premières pâleurs du jour. Son beau-père° vivait encore. Il secoua sa femme, inquiet de cette résistance du vieux.

—Dis-donc, Phémie, Il ne veut point finir. Qu'est-ce que tu ferais, toi?

Il la savait de bon conseil.

Elle répondit:

—Il ne passera point le jour, pour sûr. Il n'y a rien à craindre. Et alors le maire ne s'opposera pas qu'on l'enterre tout de même demain, vu qu'on l'a fait pour maître Rénard le père, qui a trépassé juste aux semences.°

Il fut convaincu par l'évidence du raisonnement et il partit aux champs.

Sa femme fit cuire les douillons, puis accomplit les besognes de la ferme.

A midi, le vieux n'était pas mort.

Le gendre repartit travailler aux champs.

A six heures, quand il rentra, le père respirait encore. Son gendre,° à la fin, s'effraya.

—Qu'est-ce que tu ferais à cette heure, toi, Phèmie?

Elle ne savait non plus que faire. On alla trouver le maire. Il promit qu'il fermerait les yeux et autoriserait l'enterrement le lendemain. L'officier de santé, qu'on alla voir, s'engagea aussi pour obliger maître Chicot à antidater le certificat de décès.° L'homme et la femme rentrèrent tranquilles.

Il se couchèrent et s'endormirent comme la veille.

Quand ils se réveillèrent, il n'était point mort.

Alors, ils furent atterrés.° Ils restaient debout, au chevet° du père, le considérant avec méfiance comme s'il avait voulu leur jouer un mauvais tour, les tromper, les contrarier par plaisir, et ils lui en voulaient° surtout du temps qu'il leur faisait perdre.

Le gendre demanda:

—Qu'est-ce que nous allons faire?

—C'est contrariant, tout de même!

On ne pouvait maintenant prévenir les invités qui allaient arriver tout à l'heure. On résolut de les attendre pour leur expliquer la chose.

Vers sept heures moins dix, les premiers apparurent.

beau-père, père de l'épouse

semences, graines qu'on sème

gendre, époux de la fille

décès, mort d'une personne

atterrés, consternés, stupéfaits
chevet, tête du lit

en vouloir à (to be angry with)

Maître Chicot et sa femme, effarés, les reçurent en se désolant; et tous deux, tout à coup, au même moment, se mirent à pleurer. Ils expliquaient l'aventure, contaient leur embarras, offraient des chaises, se remuaient, s'excusaient, voulaient prouver que tout le monde aurait fait comme eux, parlaient sans fin, devenus brusquement bavards à ne laisser personne leur répondre.

Les invités, un peu déçus,° comme des gens qui manquent une cérémonie attendue, ne savaient que faire, demeuraient assis ou debout. Quelques-uns voulurent s'en aller. Maître Chicot les retint:

—Nous allons casser la croûte° tout de même. Nous avons fait des douillons, il faut bien en profiter.

Les visages s'éclairèrent à cette pensée. On chuchotait,° l'idée des douillons égayant tout le monde.

Les femmes entraient pour regarder le mourant. Elles se signaient° auprès du lit, murmuraient une prière, jetaient un seul coup d'œil du côté de la fenêtre qu'on avait ouverte.

Mme Cliquot expliquait l'agonie:

—Voilà deux jours qu'il est comme ca.

Quand tout le monde eut vu l'agonisant, on pensa à la collation,° mais comme on était nombreux pour tenir dans la cuisine, on sortit devant la porte. Les quatre douzaines de douillons disposés dans deux grands plats étaient appétissants. Chacun avançait le bras pour prendre le sien, craignant qu'il n'y en eût pas assez. Mais il en resta quatre.

Maître Chicot, la bouche pleine, prononça:

—S'il vous voyait, le père, cela lui ferait de la peine. C'est lui qui les aimait de son vivant!°

Un gros paysan jovial ajouta:

—Il n'en mangera plus, à cette heure. Chacun son tour.

Cette réflexion, loin d'attrister les invités, sembla les réjouir. C'était leur tour, à eux, de manger les douillons.

Mme Chicot, désolée de la dépense, allait sans cesse au cellier° chercher du cidre. Les bouteilles se suivaient et se vidaient coup sur coup. On riait maintenant, on parlait fort, on commençait à crier comme on crie dans les repas.

Tout à coup une vieille paysanne qui était restée près du moribond apparut à la fenêtre et cria d'une voix aigue:

déçus, désappointés.

casser la croûte, faire un léger repas

chuchoter, parler à voix basse

se signer, faire le signe de la croix

collation, petit repas

de son vivant, quand il vivait

cellier, cave

—Il a passé! il a passé!° *Il a passé*, il est mort

Chacun se tut. Les femmes se levèrent vivement pour aller voir.

Il était mort, en effet. Les hommes se regardaient, baissaient les yeux, mal à l'aise. On n'avait pas fini de manger les douillons. Il avait mal choisi son moment, ce gredin-là.° *gredin* (rascal)

Les Chicot maintenant ne pleuraient plus. C'était fini, ils étaient tranquilles. Ils répétaient:

—Nous savions bien que ça ne pouvait pas durer. Si seulement il avait pu se décider cette nuit, ça n'aurait point fait tout ce dérangement.

N'importe, c'était fini. On l'enterrerait lundi, voilà tout, et on remangerait des douillons pour l'occasion.

Les invités s'en allèrent en causant de la chose, contents tout de même d'avoir vu ça et aussi d'avoir cassé la croûte.

Et quand l'homme et la femme se trouvèrent tout seuls, face à face, elle dit, la figure contractée par l'angoisse:

—Faudra tout de même recuire quatre douzaines de douillons. Si seulement il avait pu se décider cette nuit!

Son mari répondit d'un air sérieux:

—Ça ne serait pas à refaire tous les jours!

La Confession

par Guy de Maupassant

Marguerite de Thérelles allait mourir. Bien qu'elle n'eût que cinquante six ans, elle paraissait en avoir au moins soixante quinze. Elle haletait,° plus pâle que ses draps,° secouée de frissons épouvantables,° la figure convulsée, l'œil hagard, comme si une chose horrible lui eût apparu.

Sa sœur aînée, plus agée de six ans, à genoux près du lit, sanglotait.° Une petite table approchée de la couche de l'agonisante portait, sur une serviette, deux bougies allumées, car on attendait le prêtre qui devait donner l'extrême-onction° et la communion dernière.

L'appartement avait cet aspect sinistre qu'ont les chambres de mourants, cet air d'adieu désespéré. Des fioles° traînaient sur les meubles, des linges° traînaient° dans les coins, repoussés d'un coup de pied ou de balai.° Les sièges en désordre semblaient eux-mêmes effarés, comme s'ils avaient couru dans tous les sens.° La redoutable mort était là, cachée, attendant.

L'histoire des sœurs

L'histoire des deux sœurs était attendrissante.° On la citait au loin; elle avait fait pleurer bien des yeux.

Suzanne, l'aînée été aimée follement,° jadis, d'un jeune homme qu'elle aimait aussi. Ils furent fiancés, et on n'atten-

haletait (panted)
drap, sur un lit, on couche entre deux draps
frissons épouvantables, tremblements horribles

sangloter (to sob)

l'extrême onction et la communion dernière, c'est-à-dire les derniers sacrements

fiole, petite bouteille
linge, lingerie, sous-vêtements
traînaient (lay about)
balai (broom)

sens, direction

attendrissant, touchant, qui rend tendre

follement, avec folie, passionément

dait plus que le jour fixé pour le contrat, quand Henry de Sampierre était mort brusquement.

Le désespoir de la jeune fille fut affreux, et elle jura de ne jamais se marier. Elle tint parole. Elle prit des habits de veuve° qu'elle ne quitta plus.

veuve, femme qui a perdu son mari

Alors sa sœur, sa petite sœur Marguerite, qui n'avait encore que douze ans, vint, un matin, se jeter dans les bras de l'ainée, et lui dit: "grande sœur, je ne veux pas que tu sois malheureuse. Je ne veux pas que tu pleures toute ta vie. Je ne te quitterai jamais, jamais, jamais! Moi, non plus, je ne me marierai pas. Je resterai près de toi, toujours, toujours, toujours".

Suzanne l'embrassa, attendrie par ce dévouement d'enfant, et n'y crut pas.°

n'y crut pas, refusa de croire que c'était la vérité

Mais la petite aussi tint parole et, malgré les prières des parents, malgré les supplications de l'aînée, elle ne se maria jamais. Elle était jolie, fort jolie; elle refusa bien des jeunes gens qui semblaient l'aimer; elle ne quitta plus sa sœur.

Elles vécurent° ensemble tous les jours de leur existence, sans se séparer une seule fois. Elles allèrent côte à côte, inséparablement unies. Mais Marguerite sembla toujours triste, accablée,° plus morne° que l'aînée comme si peut-être son sublime sacrifice l'eût brisée.° Elle vieillit plus vite, prit des cheveux blancs dès l'âge de trente ans et, souvent souffrante, semblait atteinte° d'un mal inconnu qui la rongeait.°

vécurent, verbe *vivre*

accablée, excédée par la fatigue
morne, morose, triste
brisée (worn out)

atteinte, affectée
rongeait, mangeait lentement, détruisait petit à petit

Maintenant elle allait mourir la première.

Elle ne parlait plus depuis vingt-quatre heures. Elle avait dit seulement, aux premières lueurs° de l'aurore:°

lueur, lumière faible
aurore, lumière qui précède le lever du soleil

—Allez chercher monsieur le curé, voici l'instant.

Et elle était demeurée ensuite sur le dos, secouée de spasmes, les lèvres agitées comme si des paroles terribles lui fussent montées du cœur, sans pouvoir sortir, le regard affolé d'épouvante,° effroyable à voir.

Sa sœur, déchirée° par la douleur pleurait éperdument,° le front sur le bord du lit et répétait:

épouvante, terreur
déchirée (torn)
éperdument, désespérément

Ma petite

—Margot, ma pauvre Margot, ma petite!

Elle l'avait toujours appelée: "ma petite", de même que la cadette l'avait toujours appelée: "grande sœur".

On entendit des pas dans l'escalier. La porte s'ouvrit. Un enfant de chœur° parut, suivi du vieux prêtre en surplis. Dès qu'elle l'aperçut, la mourante s'assit d'une secousse,° ouvrit les lèvres, balbutia° deux ou trois paroles, et se mit à gratter° le drap de ses ongles° comme si elle eût voulu y faire un trou.

L'abbé Simon s'approcha, lui prit la main, la baisa sur le front et, d'une voix douce:

—Dieu vous pardonne, mon enfant; ayez du courage, voici le moment venu, parlez.

Alors, Marguerite, grelottant° de la tête aux pieds, secouant toute sa couche de ses mouvements nerveux, balbutia:

—Assieds-toi, grande sœur, écoute.

Le prêtre se baissa vers Suzanne, toujours abattue° au pied du lit, la releva, la mit dans un fauteuil et prenant dans chaque main la main d'une des deux sœurs, il prononça:

—Seigneur, mon Dieu! envoyez-leur la force, jetez sur elles votre miséricorde.°

Et Marguerite se mit à parler. Les mots lui sortaient de la gorge un à un, rauques,° scandés.°

enfant de chœur, celui qui aide le prêtre dans les cérémonies religieuses
d'une secousse, soudainement
balbutier, articuler indistinctement
gratter (to scratch)
ongles (fingernails)

grelotter, trembler de froid

abattue, rendue faible

miséricorde, pardon, pitié

rauque (harsh)
scandés, en syllabes détachées

La confession

—Pardon, pardon, grande sœur, pardonne-moi! Oh! si tu savais comme j'ai eu peur de ce moment-là toute ma vie!...

Suzanne balbutia, dans ses larmes:

—Quoi te pardonner, petite? Tu m'as tout donné, tout sacrifié; tu es un ange...

Mais Marguerite l'interrompit:

—Tais-toi, tais-toi! Laisse-moi dire... ne m'arrête pas... C'est affreux... laisse-moi dire tout... jusqu'au bout, sans bouger°... Ecoute... Tu te rappelles... tu te rappelles... Henry...

Suzanne tressaillit° et regarda sa sœur. La fillette reprit:

—Il faut que tu entendes tout pour comprendre. J'avais douze ans, seulement douze ans, tu te le rappelles bien, n'est-ce pas? Et j'étais gâtée,° je faisais tout ce que je voulais!... Tu te rappelles bien comme on me gâtait?... Ecoute... La première fois qu'il est venu, il avait des bottes vernies,° il est descendu de cheval devant le perron,° et il s'est excusé sur son costume,

bouger, faire un mouvement

tressaillir, éprouver une agitation vive

gâté, traité avec trop d'indulgence

vernies, brillantes
perron, escalier devant une maison

mais il venait apporter une nouvelle à papa. Tu te rappelles, n'est-ce pas?... Ne dis rien... écoute. Quand je l'ai vu, j'ai été toute saisie, tant je l'ai trouvé beau, et je suis demeurée debout dans un coin du salon tout le temps qu'il a parlé. Les enfants sont singuliers... et terribles... Oh! oui... j'en ai rêvé!

Henry... Henry

"Il est revenu... Plusieurs fois... je le regardais de tous mes yeux, de toute mon âme... J'étais grande pour mon âge... et bien plus rusée° qu'on ne croyait. Il est revenu souvent... je ne pensais qu'à lui. Je répétais tout bas:

"—Henry... Henry de Sampierre!

Puis on a dit qu'il allait t'épouser. Ce fut un chagrin... oh! grande sœur... un chagrin... un chagrin! J'ai pleuré trois nuits, sans dormir. Il revenait tous les jours, l'après-midi, après son déjeuner... tu te le rappelles, n'est-ce pas! Ne dis rien... écoute. Tu lui faisais des gâteaux qu'il aimait beaucoup... avec de la farine, du beurre et du lait... Oh! je sais bien comment... J'en ferais encore s'il le fallait. Il les avalait° d'une seule bouchée,° et puis il buvait un verre de vin... et puis il disait: "C'est délicieux." Tu te rappelles comme il disait ça?

"J'étais jalouse, jalouse!... Le moment de ton mariage approchait. Il n'y avait plus que quinze jours. Je devenais folle. Je me disais: il n'épousera pas Suzanne, non je ne veux pas!... C'est moi qu'il épousera, quand je serai grande. Jamais je ne trouverai personne que j'aime autant... Mais un soir, six jours avant
clair de lune,.. et là-bas... sous le sapin, sous le grand sapin... il t'a embrassée... embrassée... dans ses deux bras... si longtemps... Tu te le rappelles, n'est-ce pas! C'était probablement la première fois... oui... Tu étais si pâle en rentrant au salon.

"Je vous ai vus; j'étais là, dans le massif.° J'ai eu une rage! Si j'avais pu, je vous aurais tués!

"Je me suis dit: il n'épousera pas Suzanne, jamais! Il n'épousera personne. Je suis trop malheureuse... Et tout d'un coup je me suis mise à le haïr° affreusement.

rusé, habile, astucieux

avaler (to swallow)
bouchée (mouthful)

massif, bosquet, groupe de petits arbres

haïr, détester

"Alors, sais-tu ce que j'ai fait?... écoute. J'avais vu le jardinier préparer des boulettes° pour tuer les chiens errants. Il écrasait° une bouteille avec une pierre et mettait le verre pilé° dans une boulette de viande.

"J'ai pris chez maman une petite bouteille de pharmacien, je l'ai broyée° avec un marteau, et j'ai caché le verre dans ma poche. C'était une poudre brillante... Le lendemain, comme tu venais de faire les petits gâteaux, je les ai fendus° avec un couteau et j'ai mis le verre dedans... Il en a mangé trois... moi aussi, j'en ai mangé un... J'ai jeté les six autres dans l'étang°.. les deux cygnes° sont morts."

Suzanne avait caché sa figure dans ses mains et ne bougeait plus. Elle pensait à Henry qu'elle aurait pu aimer si longtemps! Quelle bonne vie ils auraient eue! Elle le revoyait, dans l'autrefois disparu, dans le vieux passé à jamais éteint.° Morts chéris! comme ils vous déchirent le cœur! Oh! ce baiser, son seul baiser! Elle l'avait gardé dans l'âme. Et puis plus rien, plus rien dans toute son existence!...

Le prêtre tout à coup se dressa° et, d'une voix forte, vibrante, il cria:

—Mademoiselle Suzanne, votre sœur va mourir!

Alors Suzanne ouvrant ses mains, montra sa figure trempée° de larmes, et, se précipitant sur sa sœur, elle la baisa de toute sa force en balbutiant:

—Je te pardonne, je te pardonne, petite...

boulette, petite boule de pain ou de viande
écraser, briser par un choc
pilé, réduit en poudre

broyer, pulvériser, écraser

fendre, séparer dans le sens de la longueur

étang, lac d'eau stagnante, peu profond
cygne (swan)

éteint, détruit

se dresser, se tenir droit

trempée, mouillée, humectée

Une Page d'histoire inédite

par Guy de Maupassant

I

Tout le monde connaît la célèbre phrase de Pascal sur le grain de sable qui changea les destinées de l'univers en arrêtant la fortune de Cromwell*. Ainsi, dans ce grand hasard des événements qui gouverne les hommes et le monde, un fait bien petit, le geste désespéré d'une femme décida le sort° de l'Europe en sauvant la vie du jeune Napoléon Bonaparte, celui qui fut le grand Napoléon. C'est une page d'histoire inconnue, un vrai drame corse, qui faillit devenir fatal au jeune officier, alors en congé° dans sa patrie.

Le récit qui suit est de point en point authentique. Je l'ai écrit presque sous la dictée, sans rien y changer, sans en rien omettre, sans essayer de le rendre plus "littéraire" ou plus dramatique, ne laissant que les faits avec tous les noms tous les mouvements des personnages et les paroles qu'ils prononcèrent.

Une narration plus composée plairait peut-être davantage, mais ceci est de l'histoire, et on ne touche pas à l'histoire.

Je tiens ces détails directement du seul homme dont le

sort, destinée

congé, vacances

---

* Allusion à Thomas Cromwell, grand chancelier d'Angleterre sous Henri VIII, né vers 1485. Il conseilla au roi d'épouser Anne de Clèves qui était protestante. Ceci mit une fin à son gouvernement. Cromwell fut accusé de trahison et décapité en 1540.

témoignage a dirigé l'enquête° ouverte sur ces mêmes faits en 1853, pour assurer l'exécution de legs° stipulés par l'empereur expirant à Sainte-Hélène.

enquête, investigation
legs, donations

Trois jours avant sa mort, en effet, Napoléon ajouta à son testament un codicille qui contenait les dispositions suivantes:

Je lègue, écrivait-il, *20.000 francs à l'habitant de Bocognano qui m'a tiré des mains des brigands qui voulurent m'assassiner; 10.000 francs à M. Vizzavona, le seul de cette famille qui fût de mon parti;*
100.000 francs à M. Jérôme Lévy;
100.000 francs à M. Costa de Bastelica;
20.000 francs à l'abbé Reccho.

C'est qu'un vieux souvenir de sa jeunesse s'était, en ces derniers moments, emparé° de son esprit; après tant d'années et tant d'aventures prodigieuses, l'impression que lui avait laissée une des premières aventures de sa vie demeurait encore assez forte pour le poursuivre, même aux heures d'agonie, et voici cette lointaine vision qui l'obsédait, quand il se résolut à laisser ces dons suprêmes, au partisan dévoué dont le nom échappait à sa mémoire affaiblie, et aux amis qui lui avaient apporté leur aide en ces circonstances terribles.

s'emparer de, prendre possession de

Louis XVI venait de mourir. La Corse était alors gouvernée par le général Paoli, homme énergique et violent, royaliste dévoué, qui haïssait° la Révolution, tandis que Napoléon Bonaparte, jeune officier d'artillerie alors en congé à Ajaccio, employait son influence et celle de sa famille en faveur des idées nouvelles.

haïssait, détestait

Les cafés n'existaient pas en ce pays toujours sauvage, et Napoléon réunissait le soir ses partisans dans une chambre où ils causaient, formaient des projets, prévoyaient l'avenir, tout en buvant du vin et en mangeant des figues.

Une animosité existait déjà entre le jeune Bonaparte et le général Paoli. Voici comment elle était née:

Paoli, ayant reçu l'ordre de conquérir l'île de la Madeleine°, confia, dit-on, cette mission au colonel Cesari en lui recommandant, dit-on, de faire échouer° l'enterprise. Napoléon, nommé lieutenant-colonel de la garde nationale dans le régiment que commandait le colonel Quenza, prit part à cette

île de la Madeleine, entre la Corse et la Sardaigne

échouer, ne pas réussir

expédition et s'éleva violemment ensuite contre la manière dont elle avait été conduite. Il accusa ouvertement les chefs de l'avoir perdue à dessein.° — *à dessein*, avec intention

Ce fut peu de temps après que les commissaires de la République, parmi lesquels se trouva Saiceti, furent envoyés à Bastia.

Napoléon, apprenant leur arrivée, voulut les rejoindre, et, pour entreprendre ce voyage, il fit venir de Bocognano son homme de confiance, un de ses partisans les plus fidèles, Santo-Riccio, qui devait lui servir de guide.

Tous deux partirent à cheval, se dirigeant vers Corte où se tenait le général Paoli, que Bonaparte voulait voir en passant; car, ignorant alors de la participation de son chef au complot° contre la France, il le défendait même contre les soupçons chuchotés;° et l'hostilité grandie entre eux, bien que vive, n'avait point éclaté. — *complot*, conspiration / *chuchotés*, prononcés à voix basse

Le jeune Napoléon descendit de cheval dans la cour de la maison habitée par Paoli, et confiant sa monture° à Santo-Riccio, il voulut tout de suite se rendre auprès du général. Mais comme il gravissait° l'escalier, une personne qu'il aborda lui apprit qu'en ce moment avait lieu une sorte de conseil formé des principaux chefs corses, tous ennemis des idées républicaines. — *monture*, bête sur laquelle on monte / *gravissait*, montait

Un des conspirateurs sortit de la réunion.

Alors, marchant à sa rencontre, Bonaparte lui demanda:

—Eh bien?

L'autre, le croyant un allié, répondit:

—C'est fait! Nous allons proclamer l'indépendance et nous séparer de la France, avec le secours° de l'Angleterre. — *secours*, aide

Indigné, Napoléon s'emporta et, frappant du pied, il cria: "C'est une trahison, une infamie!" quand des hommes parurent, attirés par le bruit.

C'étaient justement des parents éloignés° de la famille Bonaparte. Eux, comprenant le danger où se jetait le jeune officier, l'entourèrent, le firent descendre par force et remonter à cheval. — *éloignés*, distant

Il partit aussitôt, retournant vers Ajaccio, toujours accompagné de Santo-Riccio. Ils arrivèrent, à la nuit tombante, au hameau° de Arca-de-Vivario, et couchèrent chez le curé — *hameau*, petit village

Arrighi, parent de Napoléon, qui le mit au courant des événements et lui demanda conseil, car c'était un homme d'esprit droit° et de grand jugement, estimé dans toute la Corse.

droit, juste

S'étant remis en route le lendemain dès l'aurore, ils marchèrent tout le jour et parvinrent° le soir à l'entrée du village de Bocognano. Là, Napoléon se sépara de son guide, en lui demandant de venir au matin le chercher avec les chevaux à la jonction de deux routes, et il gagna le hameau de Pagiola pour demander l'hospitalité à Félix Tusoli, son partisan et son parent, dont la maison se trouvait un peu éloignée.

parvinrent à, arrivèrent à

Cependant, le général Paoli avait appris la visite du jeune Bonaparte, ainsi que ses paroles violentes après la découverte du complot, et il chargea Mario Peraldi de se mettre à sa poursuite et de l'empêcher, coûte que coûte, de gagner Ajaccio ou Bastia.

Mario Peraldi parvint à Bocognano quelques heures avant Bonaparte, et se rendit chez les Morelli, famille puissante, partisans du général. Ils apprirent bientôt que le jeune officier était arrivé dans le village et qu'il passerait la nuit dans la maison de Tusoli; alors le chef des Morelli, homme énergique et redoutable, instruit des ordres de Paoli, promit à son envoyé que Napoléon n'échapperait° pas.

échapper to escape

Dès le jour il avait posté ses hommes, occupé toutes les routes et toutes les issues.

Bonaparte, accompagné de son hôte, sortit pour rejoindre Santo-Riccio; mais Tusoli, un peu malade, le tête enveloppée d'un mouchoir, le quitta presque immédiatement.

Aussitôt que le jeune officier fut seul, un homme, se présentant, lui annonça que dans une auberge voisine se trouvaient des partisans du général, en route pour le rejoindre à Corte. Napoléon se rendit près d'eux et, les trouvant réunis:

—Allez, leur dit-il, allez trouver votre chef, vous faites une grande et noble action.

Mais en ce moment les Morelli, se précipitant dans la maison, se jetèrent sur lui et le firent prisonnier.

II

Santo-Riccio, qui à la jonction des deux routes, apprit

immédiatement l'arrestation de Napoléon, courut chez un partisan de Bonaparte, nommé Vizzavona, qu'il savait capable de l'aider et dont la demeure était voisine de la maison Morelli, où Napoléon allait être enfermé.

Santo-Riccio avait compris l'extrême gravité de cette situation.

—Si nous ne parvenons° à le sauver tout de suite, dit-il, il est perdu. Peut-être sera-t-il mort avant deux heures.

parvenir, réussir

Alors Vizzavona trouver les Morelli, les sonda° habilement, et comme ils dissimulaient leurs intentions véritables, il les amena, à force° d'adresse° et d'éloquence, à permettre que le jeune homme vînt chez lui prendre quelque nourriture pendant qu'ils garderaient sa maison.

sonder, chercher à connaître la pensée

à force de, par

adresse (skill)

Eux, pour mieux cacher leurs projets, sans doute, y consentirent, et leur chef, le seul connaissant les volontés du général, leur confiant la surveillance des lieux, rentra chez lui pour faire ses préparatifs de départ.

Ce fut cette absence qui sauva quelques minutes plus tard la vie du prisonnier.

Cependant, Santo-Riccio, avec le dévouement° des Corses, un prodigieux sang-froid et un intrépide courage, préparait la délivrance de son compagnon. Il s'adjoignit deux jeunes gens braves et fidèles comme lui; puis, les ayant secrètement conduits dans le jardin et cachés derrière un mur, il se présenta tranquillement aux Morelli et demanda la permission de faire ses adieux à Napoléon, puisqu'ils devaient l'emmener.

dévouement, dévotion

On lui accorda cette faveur, et dès qu'il fut en présence de Bonaparte et de Vizzavona, il développa ses projets, hâtant la fuite, le moindre retard pouvant être fatal au jeune homme.

Tous les trois pénétrèrent alors dans l'écurie et, sur la porte, Vizzonava, les larmes aux yeux, embrassa son hôte et lui dit:

—Que Dieu vous sauve, mon pauvre enfant, lui seul le peut!

En rampant,° Napoléon et Santo-Riccio rejoignirent les deux jeunes gens embusqués° auprès du mur, puis prenant leur élan, tous les trois s'enfuirent à toutes jambes° vers une fontaine voisine cachée dans les arbres. Mais il fallait passer sous les yeux des Morelli, qui, les apercevant, se lancèrent à leur poursuite en jetant de grands cris.

rampant (crawling)

embusqué, caché en attendant l'ennemi

d' toutes jambes, très vite

Or le chef Morelli, rentré dans sa demeure,° les entendit, et comprenant tout, se précipita avec une physionomie si féroce que sa femme, alliée aux Tusoli, chez qui Bonaparte avait passé la nuit, se jeta à ses pieds, suppliante, demandant la vie sauve pour le jeune homme.

Lui, furieux, la repoussa, et il s'élançait dehors quand elle, toujours à genoux, le saisit par les jambes, les enlaçant de ses bras crispés; puis, battue, renversée, mais acharnée° en son étreinte, elle entraîna son mari, qui s'abattit° à côté d'elle.

Sans la force et le courage de cette femme, c'en était fait° de Napoléon.

Toute l'histoire moderne se trouvait donc changée. La mémoire des hommes n'aurait point eu à retenir les noms de victoires retentissantes!° Des millions d'êtres ne seraient pas morts sous le canon! La carte d'Europe ne serait plus la même! Et qui sait sous quel régime politique nous vivrions aujourd'hui.

Car les Morelli atteignaient° les fugitifs.

Santo-Riccio, intrépide, s'adossant au tronc d'un châtaignier,° leur fit face, criant aux deux jeunes gens d'emmener Bonaparte. Mais lui refusa d'abandonner son guide qui vociférait, tenant en joue° leur ennemi:

—Emportez-le donc, vous autres; saisissez-le, attachez lui les pieds et les mains!

Alors ils furent rejoints, entourés, saisis, et un partisan des Morelli, nommé Honorato, posant son fusil sur la tempe de Napoléon, s'écria:

—Mort au traître à la patrie!

Mais juste à ce moment l'homme qui avait reçu Bonaparte, Felix Tusoli, prévenu par un émissaire de Santo-Riccio, arrivait escorté de ses parents armés. Voyant le danger et reconnaissant son beau-frère dans celui qui menaçait ainsi la vie de son hôte, il lui cria, le mettant en joue:

—Honorato, Honorato, c'est entre nous alors que la chose va se passer?

L'autre, surpris, hésitait à tirer, quand Santo-Riccio, profitant de la confusion, et laissant les deux partis se battre ou s'expliquer, saisit à pleins bras Napoléon qui résistait encore, l'entraîna aidé des deux jeunes gens, et s'enfonça dans le maquis.°

demeure, habitation

acharnée, attachée avec fureur
s'abattit, tomba
c'en était fait, c'était fini

retentissantes, qui ont des percussions

atteignaient, verbe atteindre (to reach)
s'adosser (to lean against)
châtaigner (chestnut-tree)
tenant en joue (levelling a gun at)

maquis (Corsican brush country)

Une minute plus tard, le chef Morelli, débarrassé de sa femme, et en proie à une colère furieuse, rejoignait enfin ses partisans.

Cependant, les fugitifs marchaient, à travers la montagne, les ravins, les fourrés.° Lorsqu'ils furent en sûreté, Santo-Riccio renvoya les deux jeunes gens qui devaient le lendemain les rejoindre avec les chevaux auprès du pont d'Ucciani.

fourré, partie épaisse d'un bois

Au moment où ils se séparaient, Napoléon s'approcha d'eux.

—Je vais retourner en France, leur dit-il, voulez-vous m'accompagner? Quelle que soit ma fortune, vous la partagerez.

Eux lui répondirent:

—Notre vie est à vous; faites de nous, ici, ce que vous voudrez, mais nous ne quitterons pas notre village.

Ces deux simples et dévoués garçons retournèrent donc à Bocognano chercher les chevaux, tandis que Bonaparte et Santo-Riccio continuaient leur marche au milieu de tous les obstacles qui rendent si durs les voyages dans les pays montagneux et sauvages. Ils s'arrêtèrent en route pour manger un morceau de pain dans la famille Mancini, et parvinrent, le soir, à Ucciani, chez les Pozzoli, partisans de Bonaparte.

Or, le lendemain, quand il s'éveilla, Napoléon vit la maison entourée d'hommes armés. . . C'étaient tous les parents et amis de ses hôtes, prêts à l'accompagner comme à mourir pour lui.

Les chevaux attendaient au pont, et la petite troupe se mit en route, escortant les fugitifs jusqu'aux environs d'Ajaccio.

La nuit venue, Napoléon pénétra dans la ville et se réfugia chez le maire, M. Jean-Jérôme Lévy, qui le cacha dans un placard.° Utile précaution, car la police arrivait le lendemain. Elle fouilla° partout, sans rien trouver, puis se retira tranquille et déroutée° par l'habile indication du maire qui offrit son aide empressée pour trouver le jeune révolté.

placard, armoire dans un mur
fouiller, chercher
dérouté, mis sur une fausse route

Le soir même, Napoléon, embarqué dans une gondole, était conduit de l'autre côté du golfe, confié à la famille Costa, de Bastelica, et caché dans le maquis.

Quelques jours plus tard, l'indépendance de Corse fut proclamée, la maison Bonaparte incendiée, et les trois sœurs du fugitif mises à la garde de l'abbé Reccho.

Puis une frégate française, qui recueillait sur la côte les

derniers partisans de la France, prit à son bord Napoléon, et ramena dans la mère patrie le partisan poursuivi, traqué, celui qui devait être l'empereur et le prodigieux général dont la fortune bouleversa° la terre. *bouleverser*, agiter

(27 octobre 1880)

La Parure

par Guy de Maupassant

C'était une de ces jolies et charmantes jeunes filles, née,° comme par une erreur du destin,° dans une famille d'employés. Elle n'avait pas de dot,° pas d'espérance, aucun moyen d'être connue, comprise, aimée, épousée par un homme riche et distingué; elle se laissa marier avec un petit commis° du ministère de l'Instruction publique.

Elle fut simple, ne pouvant dépenser de l'argent pour s'habiller, mais malheureuse comme une déclassée.° Car les femmes n'ont point de caste ni de race; leur beauté, leur grâce et leur charme leur servant de naissance et de famille; leur finesse native, leur instinct d'élégance, leur souplesse d'esprit° sont leur seule hiérarchie, et font des filles du peuple les égales des plus grandes dames.

Elle souffrait sans cesse, se sentant née pour toutes les délicatesses et tous les luxes. Elle souffrait de la pauvreté de son logement, de la misère des murs, de la laideur de ses meubles. Toutes ces choses, dont une autre femme de sa caste ne se serait pas aperçue,° la torturaient et l'indignaient. La vue de la petite Bretonne de son quartier qui faisait son humble ménage° éveillait en elle des regrets et des rêves. Elle songeait aux salles somptueuses et élégantes, décorées de tentures° orientales, éclairés par de hauts chandelliers et aux grands

née, v. naitre (born)
destin (fate)
dot, argent qu'apporte une femme lorsqu'elle se marie
commis, employé dans un bureau
déclassée, qui n'est plus dans sa classe sociale
souplesse d'esprit, faculté d'adaptation
ne se serait pas aperçue, n'aurait par remarqué
ménage (housekeeping)
tenture (hangings)

valets en culotte courte qui dorment dans les larges fauteuils, assoupis° par la chaleur du calorifère.° Elle songeait aux grands salons vêtus° de soie ancienne, aux meubles fins portant des bibelots° inestimables, et aux petits salons coquets, parfumés, faits pour la causerie de cinq heures avec les amis les plus intimes, les hommes connus et recherchés° dont toutes les femmes envient et désirent l'attention.

Quand elle s'asseyait pour dîner, devant la table ronde couverte d'une nappe de trois jours, en face de son mari qui découvrait la soupière en déclarant d'un air enchanté: "Ah! le bon pot-au-feu!° je ne sais rien de meilleur que cela . . ." elle songeait aux dîners fins, aux argenteries reluisantes, aux tapisseries peuplant les murailles de personnages anciens et d'oiseaux étranges au milieu d'une forêt de féerie; elle songeait aux plats exquis servis en des vaisselles merveilleuses, aux galanteries chuchotées° et écoutées avec un sourire de sphynx, tout en mangeant la chair° rose d'une truite ou des ailes de poulet.

Elle n'avait pas de toilettes,° pas de bijoux, rien. Elle n'aimait que cela; elle se sentait faite pour cela. Elle eut tant désiré plaire, être enviée, être séduisante et recherchée.

Elle avait une amie riche, une camarade de couvent qu'elle ne voulait plus aller voir, tant elle souffrait en revenant. Et elle pleurait pendant des jours entiers, de chagrin, de regret, de désespoir et de détresse.

Or, un soir, son mari rentra, l'air glorieux, en tenant à la main une large enveloppe.

— Tiens, dit-il, voici quelque chose pour toi.

Elle ouvrit vivement l'enveloppe et en tira une carte d'invitation qui portait ces mots:

"Le ministre de l'Instruction publique et Mme Georges Ramponneau prient M. et Mme Loisel de leur faire l'honneur de venir passer la soirée à l'hôtel du ministre, le lundi 18 janvier."

Au lieu d'être ravie,° comme l'espérait son mari, elle jeta avec dépit l'invitation sur la table murmurant:

— Que veux-tu que je fasse° de cela?

— Mais, ma chérie, je pensais que tu serais contente. Tu ne sors jamais, et c'est une occasion, cela, une belle! J'ai eu

calorifère, chauffage central
assoupi, somnolent
vêtus, ici décorés
bibelot, objet de luxe

recherchés (sought after)

pot-au-feu (boiled beef)

chuchotées, dites à voix basse
chair, viande
Elle n'avait pas de toilettes (she had nothing to wear)

ravie, enchantée

fasse, v. faire

une peine infinie à l'obtenir. Tout le monde en veut; c'est très recherché et on n'en donne pas beaucoup aux employés. Tu verras tout le monde officiel.

Elle le regardait d'un œil irrité, et elle déclara avec impatience:

— Que veux-tu que je me mette sur le dos pour aller là?

Il n'y avait pas songé; il lui dit:

— Mais la robe avec laquelle tu vas au théâtre. Elle me semble très bien, à moi...

Il se tut° stupéfait en voyant que sa femme pleurait.   *se tut*, v. taire, cessa de parler

— Qu'as-tu? qu'as-tu?

Mais par un effort violent, elle se contrôla et lui répondit d'une voix calme en essuyant ses joues humides:

— Rien. Seulement je n'ai pas de toilette et par conséquent je ne peux pas aller à cette fête. Donne ta carte à quelque collègue dont la femme sera mieux habillée que moi.

Elle était désolée. Il reprit:

— Voyons, Mathilde. Combien cela coûterait-il une toilette° convenable qui pourrait te servir encore en d'autres   *toilette*, robe
occasions, quelque chose de très simple?

Elle réfléchit quelques secondes, tâchant d'estimer ce que coûterait une robe et songeant à la somme qu'elle pouvait demander sans s'attirer un refus et une exclamation effarée du commis économe.

— Je ne sais pas au juste,° mais il me semble qu'avec quatre   *au juste*, exactement
cents francs, je pourrais arriver.

Il avait un peu pâli, car il réservait juste cette somme pour acheter un fusil° et s'offrir des parties de chasse l'été suivant   *fusil* (rifle)
dans la plaine de Nanterre, avec quelques amis qui allaient chasser les alouettes° par là, le dimanche.   *alouette* (lark)

Il dit cependant:

— Soit!° Je te donne quatre cents francs. Mais tâche   *Soit!* Bien, bon!
d'avoir une belle robe.

Le jour de la fête approchait et Mme Loisel semblait triste, inquiète, anxieuse. Sa toilette était prête cependant. Son mari lui dit un soir:

— Qu'as-tu? Voyons, tu es toute drôle depuis trois jours.

Et elle répondit:

— Cela m'ennuie de n'avoir pas un bijou, pas une pierre,

rien à mettre sur moi. J'aurai l'air misère° comme tout. *misère,* pauvre
J'aimerais presque mieux ne pas aller à cette soirée.

Il reprit :

—Tu mettras des fleurs naturelles. C'est très chic° en cette *chic,* élégant
saison-ci. Pour dix francs, tu auras deux ou trois roses
magnifiques.

Elle n'était pas convaincue.

—Non . . . il n'y a rien de plus humiliant que d'avoir l'air
pauvre au milieu de femmes riches.

—Que tu es bête!° Va trouver ton amie Mme Forestier et *bête,* stupide
demande-lui de te prêter° des bijoux. Tu es assez liée° avec *prêter,* donner pour un moment seulement
elle pour faire cela. *liée,* intime

—C'est vrai! je n'y avais pas pensé.

Le lendemain, elle se rendit chez son amie et lui conta sa
détresse.

Mme Forestier alla vers son armoire à glace,° prit un large *armoire* (wardrobe)
coffre,° l'apporta, l'ouvrit, et dit à Mme Loisel : *coffre,* boîte pour choses précieuses

—Choisis, ma chère.

Elle vit d'abord des bracelets, puis un collier° de perles, *collier,* ornement autour du cou
puis une croix vénitienne, or et pierreries d'un admirable
travail. Elle essayait les parures devant la glace, hésitait, ne
pouvant se décider à les quitter, à les rendre. Elle demandait
toujours :

—Tu n'as plus rien d'autre?

—Mais si. Cherche. Je ne sais pas ce qui peut te plaire.

Tout à coup elle découvrit, dans une boîte de satin noir,
une superbe rivière° de diamants; et son cœur se mit à battre *rivière,* collier
d'un désir immodéré. Ses mains tremblaient en la prenant.
Elle l'attacha autour de sa gorge sur sa robe et demeura en
extase devant elle-même.

Puis, elle demande, hésitante, pleine d'angoisse :

—Peux-tu me prêter cela, rien que cela?

—Mais oui, certainement.

Elle sauta au cou de son amie pleine de joie, puis s'enfuit
avec son trésor.

Le jour de la fête arriva. Mme Loisel eut un succès. Elle
était plus jolie que toutes, élégante, souriante et folle de joie.
Tous les hommes la regardaient, demandaient son nom,
cherchaient à être présentés. Tous les attachés voulaient

danser avec elle. Le ministre la remarqua.

Elle dansait avec ivresse, emportement,° exaltée par le plaisir, ne pensant plus à rien, dans le triomphe de sa beauté, dans la gloire de son succès, dans une sorte de nuage de bonheur fait de tous ces désirs éveillés, de cette victoire si complète et si douce au cœur des femmes.

emportement, passion

Elle partit vers quatre heures du matin. Son mari, depuis minuit, dormait dans un petit salon désert avec trois autres messieurs dont les femmes s'amusaient beaucoup.

Il lui jeta sur les épaules les vêtements qu'il avait apportés pour la sortie, modeste vêtements de la vie ordinaire, dont la pauvreté contrastait avec l'élégance de la toilette de bal. Elle le sentit et voulut s'enfuir, pour ne pas être remarquée par les autres femmes qui s'enveloppaient de riches fourrures.

Loisel la retenait:

— Attends donc. Tu vas attraper froid dehors. Je vais appeler un fiacre.°

fiacre (cab)

Mais elle ne l'écoutait point et descendait rapidement l'escalier. Lorsqu'ils furent dans la rue, ils ne trouvèrent pas de voiture; et ils se mirent à chercher, criant après les cochers qu'ils voyaient passer de loin.

Ils descendaient vers la Seine, désespérés, grelottants° de froid. Enfin ils trouvèrent sur le quai un de ces vieux coupés noctambules° qu'on ne voit dans Paris que le nuit venue, comme s'ils eussent été honteux de leur misère pendant le jour.

grelottant (shivering)

noctambule, qui se promène la nuit

Il les ramena jusqu'à leur porte, rue des Martyrs, et ils remontèrent tristement chez eux. C'était fini pour elle. Et il songeait, lui, qu'il lui faudrait être au Ministère à dix heures.

Elle ôta les vêtements dont elle s'était enveloppée les épaules, devant la glace, afin de se voir encore une fois dans sa gloire. Mais soudain elle poussa un cri. Elle n'avait plus sa rivière autour du cou.

Son mari, à moitié dévêtu° déjà, demanda:

dévêtu, déshabillé

— Qu'est-ce que tu as?

Elle se tourna vers lui, affolée.

— J'ai... j'ai... je n'ai plus la rivière de Mme Forestier.

— Quoi!... comment!... Ce n'est pas possible!

Et ils cherchèrent dans les plis° de la robe, dans les plis du

pli (fold)

manteau, dans les poches, partout. Ils ne la trouvèrent point.
Il demandait:
— Tu es sûre que tu l'avais en quittant le bal?
— Oui, je l'ai touchée dans le vestibule du Ministère.
— Mais si tu l'avais perdue dans la rue, nous l'aurions entendu tomber. Elle doit être dans le fiacre.
— Oui, c'est probable. As-tu pris son numéro?
— Non. Et toi, tu ne l'as pas regardé?
— Non.

Ils se contemplèrent atterrés.° Enfin Loisel se rhabilla.

atterré (thunderstruck)

— Je vais, dit-il, refaire le trajet° que nous avons fait à pied, pour voir si je ne le retrouverai pas.

trajet, chemin parcouru

Et il sortit. Elle demeura en toilette de soirée, assise sur une chaise, sans pensée, désespérée.

Son mari rentra vers sept heures. Il n'avait rien trouvé.

Il se rendit à la Préfecture de police, aux journaux, pour faire promettre une récompense,° aux compagnies de petites voitures, partout enfin où un soupçon° d'espoir le menait.

récompense (reward)

soupçon, ce qu'on suspecte

Elle attendit tout le jour, dans le même état de désespoir devant cet affreux désastre.

Loisel revint le soir, la figure pâlie; il n'avait rien découvert.

— Il faut, dit-il, écrire à ton amie que tu as brisé la fermeture° de sa rivière et que tu la fais réparer. Cela nous donnera le temps de nous retourner.°

fermeture (fastening)

se retourner, chercher partout

Elle écrivit sous sa dictée.°

dictée (dictation)

Au bout d'une semaine, ils avaient perdu toute espérance. Et Loisel, vieilli de cinq ans, déclara:
— Il faut remplacer ce bijou. bijou.

Ils prirent, le lendemain, la boîte qui l'avait renfermé, et se rendirent chez le joaillier° dont le nom se trouvait dedans. Il consulta ses livres.

joaillier, bijoutier, personne qui vend dex bijoux

— Ce n'est pas moi, madame, qui ai vendu cette rivière; j'ai dû seulement fournir la boîte.

Alors ils allèrent de bijoutier à bijoutier, cherchant une parure° pareille à l'autre, consultant leurs souvenirs, malades tous deux de chagrin et d'angoisse.

parure, collier, rivière

Ils trouvèrent dans une boutique du Palais-Royal° une rivière de diamants qui leur parut entièrement semblable à

Palais-Royal, quartier de Paris où sont les bijoutiers

celle qu'ils cherchaient. Elle valait quarante mille francs. On la leur laissait à trente-six mille.

Ils prièrent donc le joaillier de ne pas la vendre avant trois jours. Et ils firent condition qu'on la reprendrait pour trente-quatre mille, si la première était retrouvée avant la fin de février.

Loisel possédait dix-huit mille francs que lui avait laissés son père. Il emprunterait° le reste.

emprunter (to borrow)

Il emprunta, demandant mille francs à l'un, cinq cents à l'autre, cinq louis° par-là. Il fit des billets,° signa des engagements ruineux, eut affaire aux usuriers, à toutes les races de prêteurs. Il compromit toute la fin de son existence, risqua sa signature sans savoir même s'il pourrait y faire honneur et, épouvanté° par les angoisses de l'avenir, par la noire misère qui allait s'abattre sur lui, par la perspective de toutes les privations physiques et de toutes les tortures morales, il alla chercher la rivière nouvelle, en déposant sur le comptoir trente-six mille francs.

louis, pièce d'or de vingt francs
billet, promesse de paiement

épouvanté, effrayé

Quand Mme Loisel rapporta la parure à Mme Forestier, celle-ci lui dit, d'un air froissé :°

froissé, offensé

— Tu aurais dû me la rendre plus tôt, car je pouvais en avoir besoin.

Elle n'ouvrit pas la boîte, ce que redoutait° son amie. Si elle s'était aperçue° de la substitution, qu'aurait-elle pensé ? Qu'aurait-elle dit ? Ne l'aurait-elle pas prise pour une voleuse ?

redouter, craindre
s'était aperçue, avait été consciente de

Mme Loisel connut la vie horrible des nécessiteux. Elle prit son parti,° d'ailleurs, tout d'un coup, héroïquement. Il fallait payer cette dette effroyable. Elle paierait. On renvoya la bonne ;° on changea de logement ; on loua° sous les toits une mansarde.°

prendre son parti, se résigner

bonne, servante
louer (to rent)
mansarde (attic)

Elle connut les gros travaux du ménage, les odieuses besognes° de la cuisine. Elle lava la vaisselle, usant ses ongles roses sur les poteries grasses et le fond des casseroles. Elle savonna le linge sale qu'elle faisait sécher sur une corde ; elle descendit les ordures° dans la rue chaque matin, et monta l'eau, s'arrêtant à chaque étage pour souffler. Et, vêtue comme une femme du peuple, elle alla chez le fruitier, chez l'épicier, chez le boucher, le panier au bras, marchandant,°

besognes, travaux

ordures (garbage)

marchander, tâcher d'obtenir un meilleur prix

injuriée,° défendant sou à sou son misérable argent.

Il fallait chaque mois payer les billets, en renvoyer d'autres, obtenir du temps.

Le mari travaillait le soir à faire les comptes° d'un commerçant, et la nuit, il faisait de la copie à cinq sous la page.

Et cette vie dura dix ans.

Au bout de dix ans, ils avaient tout restitué, tout avec l'accumulation des intérêts superposés.

Mme Loisel semblait vieille, maintenant. Elle était devenue la femme forte, dure et rude des ménages° pauvres. Mal peignée, avec les jupes de travers° et les mains rouges, elle parlait haut, lavait à grande eau les planchers. Mais parfois, lorsque son mari était au bureau, elle s'asseyait auprès de la fenêtre, et elle songeait à cette soirée d'autrefois, à ce bal où elle avait été si belle et si fêtée.°

Que serait-il arrivé si elle n'avait point perdu cette parure? Qui sait? qui sait? Comme la vie est singulière, changeante! Comme il faut peu de choses pour vous perdre ou vous sauver!

Or, un dimanche, comme elle était allée faire une promenade aux Champs-Elysées pour se délasser° des besognes de la semaine, elle aperçut tout à coup une femme qui promenait un enfant. C'était Mme Forestier, toujours jeune, toujours belle, toujours séduisante.

Mme Loisel se sentit émue. Allait-elle lui parler? Oui, certes. Et maintenant qu'elle avait payé, elle lui dirait tout. Pourquoi pas?

Elle s'approcha.

—Bonjour, Jeanne.

L'autre ne la reconnaissait point, s'étonnant d'être appelée familièrement par cette bourgeoise.

—Mais . . . madame! . . . Je ne. . . Vous devez vous tromper.

—Non. Je suis Mathilde Loisel.

Son amie poussa un cri.

—Oh! . . . ma pauvre Mathilde, comme tu as changée! . . .

—Oui, j'ai eu des jours bien durs, depuis la dernière fois que je t'ai vue; et bien des misères . . . et cela à cause de toi! . . .

—De moi! . . . Comment ça?

injurié, insulté

faire les comptes, faire la comptabilité

ménage, ici, couple femme

de travers, mal ajusté

fêter, célébrer

se délasser, se reposer des fatigues

émue, touchée

— Tu te rappelles bien cette rivière de diamants que tu m'as prêtée pour aller à la fête du Ministère.
— Oui. Eh bien?
— Eh bien, je l'ai perdue.
— Comment! puisque tu me l'as rapportée.
— Je t'en ai rapporté une autre pareille. Et voilà dix ans que nous la payons. Tu comprends que ça n'était pas facile pour nous, qui n'avions rien... Enfin c'est fini, et je suis rudement contente.

Mme Forestier s'était arrêtée.

— Tu dis que tu as acheté une rivière de diamants pour remplacer la mienne?
— Oui, Tu ne t'en es pas aperçue, hein! Elles étaient bien pareilles.

Et elle souriait d'une joie orgueilleuse et naïve.

Mme Forestier, fort émue, lui prit les deux mains.

— Oh! ma pauvre Mathilde! Mais la mienne était fausse. Elle valait au plus cinq cents francs!...

Le Voleur

par Guy de Maupassant

—Puisque je vous dis qu'on ne le croira pas !
—Racontez tout de même.
—Je le veux bien. Mais j'éprouve° d'abord le besoin de vous affirmer que mon histoire est vraie en tous points, quelque invraisemblable° qu'elle paraisse. Les peintres seuls ne s'étonneront° pas, surtout les vieux qui ont connu cette époque où l'on savait si bien s'amuser.

Et le vieil artiste se mit à cheval° sur une chaise.

Ceci se passait dans la salle à manger d'un hôtel à Barbizon.°

Il reprit : "Donc, nous avions bien dîné ce soir-là chez le pauvre Sorieul, aujourd'hui mort, le plus fou de nous tous. Nous étions trois seulement : Sorieul, moi, Le Poittevin, je crois ; mais je n'oserais affirmer que c'était lui. Je parle, bien entendu, du peintre de marine Eugène Le Poittevin, mort aussi, et non du paysagiste° bien vivant et plein de talent.

Dire que nous avions bien dîné chez Sorieul, cela signifie que nous étions gris.° Le Poittevin seul avait gardé sa raison, un peu noyée,° il est vrai, mais claire encore. Nous étions jeunes en ce temps-là. Etendus° sur le tapis, nous causions dans la petite chambre à côté de l'atelier.° Sorieul, le dos à

éprouver, sentir

invraisemblable, pas vrai, extraordinaire

s'étonner, être surpris

se mit à cheval, s'assit comme sur un cheval

Barbizon, ville rendue fameuse par les peintres Rousseau, Corot, Diaz, Dupré, Millet, Troyon

paysagiste, qui peint des paysages

être gris, avoir trop bu
noyée (drowned)
étendus, couchés tout le long
atelier, studio

terre, les jambes sur une chaise, parlait batailles et, discourait° sur les uniformes de l'Empire; et soudain, se levant, il prit dans sa grande armoire° un uniforme complet de hussard et le mit.° Après quoi, il obligea Le Poittevin à se costumer en grenadier. Et comme celui-ci résistait, nous le prîmes de force, et après l'avoir déshabillé, nous le mîmes° dans un uniforme immense, beaucoup trop grand pour lui.

discourir, parler longuement
armoire, meuble pour les habits
le mit, (v. mettre) s'habilla avec
mîmes (v. mettre)

Je me déguisai moi-même en cuirassier.° Et Sorieul nous fit exécuter un mouvement compliqué. Puis il s'écria: "Puisque ce soir nous sommes de vieux soldats, buvons comme des troupiers."

cuirassier, soldat de cavalerie qui porte une armure

Un punch fut allumé, bu, puis une seconde fois la flamme s'éleva sur le bol° rempli de rhum. Et nous chantions à pleine voix des chansons anciennes, des chansons que chantaient les vieux troupiers de la grande armée.°

bol (bowl)

la grande armée, l'armée de Napoléon

Tout à coup, Le Poittevin, qui restait malgré tout presque maître de lui, nous fit taire°; après un silence de quelques secondes, il dit à voix basse: "Je suis sûr qu'on a marché dans l'atelier." Sorieul se leva avec difficulté et s'écria: "Un voleur! quelle chance!" Puis, soudain, il se mit à chanter *La Marseillaise:*

se taire, cesser de parler

"Aux armes, citoyens!"

Et, se précipitant sur une panoplie,° il nous équipa selon nos uniformes. J'eus une sorte de mousquet et un sabre; Le Poittevin, un gigantesque fusil à baïonnette, et Sorieul, ne trouvant rien de mieux, prit un vieux pistolet qu'il mit dans sa ceinture, et une hache° qu'il brandit.

panoplie, collection d'armes

hache (hachet)

Puis il ouvrit avec précaution la porte de l'atelier et l'armée entra sur le territoire suspect.

Quand nous fûmes au milieu de la vaste pièce remplie de toiles° immenses, d'objets singuliers et inattendus, Sorieul nous dit: "Je me nomme général. Tenons un conseil de guerre. Toi, les cuirassiers, tu vas couper la retraite à l'ennemi, c'est-à-dire fermer la porte à clef. Toi, les grenadiers, tu seras mon escorte."

toile, tableau

J'exécutai le mouvement commandé, puis je rejoignis les autres qui opéraient une reconnaissance.

Au moment où j'allais les rejoindre derrière un grand paravent,° un bruit éclata. Je m'élançai, portant toujours une

paravent (screen)

bougie à la main. Le Poittevin venait de traverser d'un coup de baïonnette la poitrine d'un mannequin dont Sorieul coupait la tête à coups de hache. L'erreur reconnue, le général commanda: "Soyons prudents," et les opérations recommencèrent.

Depuis vingt minutes au moins, on fouillait° tous les coins de l'atelier, sans succès, quand Le Poittevin eut l'idée d'ouvrir un immense placard.° Il était sombre et profond; j'avançai mon bras qui tenait la lumière, et je reculai stupéfait; un homme était là, un homme vivant, qui me regardait.

fouiller, chercher partout

placard, armoire dans un mur

regardé.

Immédiatement je refermai le placard à deux tours de clef, et on tint° conseil de nouveau.

tint, v. tenir

Les opinions étaient très partagées. Sorieul voulait enfumer° le voleur. Le Poittevin parlait de le prendre par la famine. Je proposai de faire sauter le placard avec de la dynamite.

enfumer (to smoke out) par la fumée

L'opinion de Le Poittevin prévalut et, pendant qu'il montait la garde avec son grand fusil, nous allâmes chercher le reste du punch et nos pipes, puis on s'installa devant la porte fermée du placard et on but au prisonnier.

Au bout d'une demi-heure, Sorieul dit: "Tout de même, je voudrais bien le voir! Si nous le prenions par force?"

Je criai: "Bravo!" Chacun s'élança sur ses armes; la porte du placard fut ouverte et Sorieul, armant son pistolet qui n'était pas chargé,° se précipita le premier.

chargé (loaded)

Nous le suivîmes en criant. Ce fut une bousculade° effroyable dans l'ombre, et après cinq minutes de lutte invraisemblable, nous sortîmes de là une sorte de vieux bandit aux cheveux blancs, sale et pauvrement vêtu.

bousculade, action de pousser en tous sens

On lui attacha les mains et les pieds, puis on l'assit dans un fauteuil. Il ne prononça pas une parole.

Alors Sorieul, solennel, se tourna vers nous: "Maintenant nous allons juger ce misérable."

J'étais tellement gris que cette proposition me sembla toute naturelle.

Le Poittevin fut chargé de présenter la défense, et moi, l'accusation.

Il fut condamné à l'unanimité moins une voix, celle de son

défenseur.

"Nous allons l'exécuter," dit Sorieul. Mais un scrupule lui vint: "Cet homme ne doit pas mourir sans les secours de la religion. Si on allait chercher un prêtre?" Je protestai qu'il était tard. Alors Sorieul me proposa de jouer le rôle de cet office et il exhorta le criminel à se confesser.

L'homme, depuis cinq minutes, roulait des yeux épouvantés, se demandant à quel genre de personnes il avait affaire. Alors il articula d'une voix faible: "Vous voulez rire, sans doute." Mais Sorieul l'agenouilla° de force et, en cas que ses parents eussent omis de le faire baptiser, il lui versa sur la tête un verre de rhum.

agenouiller, mettre à genoux

Puis il lui dit:
"Confesse-toi à ce monsieur; ta dernière heure a sonné."

Terrorisé, le vieux bandit se mit à crier: "Au secours!"° avec une telle force qu'on fut obligé de lui mettre un mouchoir sur la bouche pour ne pas réveiller tous les voisins.

Au secours! (Help!)

Alors il se roula par terre, donnant des coups de pied, renversant les meubles. A la fin, Sorieul impatienté cria: "Finissons-en." Et prenant son pistolet, il le pointa vers lui. Suivant son exemple, je fis de même avec mon fusil.

Alors Le Poittevin prononça gravement ces paroles: "Avons-nous bien le droit de tuer cet homme?"

Sorieul, stupéfait, répondit: "Puisque nous l'avons condamné à mort!"

Mais Le Poittevin reprit: "On ne fusille° pas les civils, celui-ci doit être guillotiné. Il faut le conduire au poste."

fusiller, tuer avec un fusil

L'argument nous parut concluant. On prit l'homme, et comme il ne pouvait pas marcher, il fut placé sur une planche°, solidement attaché, et je l'emportai avec Le Poittevin, tandis que Sorieul, armé jusqu'aux dents, fermait la marche.°

planche, morceau de bois assez long

fermer la marche, (to bring up the rear)

Devant le poste la sentinelle nous arrêta. Le chef de poste nous reconnut, et comme il avait l'habitude de nos farces, de nos inventions invraisemblables, il se contenta de rire et refusa notre prisonnier.

Sorieul insista; alors le soldat nous invita à retourner chez nous sans faire de bruit.

La troupe se remit en route et rentra dans l'atelier. Je

demandai: "Qu'allons nous faire du prisonnier?"

Le Poittevin, pris de compassion, affirma qu'il devait être bien fatigué, cet homme. En effet, il avait l'air agonisant, ainsi attaché sur une planche.

Je fus pris à mon tour d'une pitié violente, d'une pitié d'ivrogne,° et enlevant les cordes qui l'attachaient, je lui demandai: "Eh bien, mon pauvre vieux, comment ça va-t-il?"

Il dit d'un ton plaintif: "J'en ai assez, nom d'un chien!"

Alors Sorieul devint paternel. Il le délivra de ses cordes, le fit asseoir, le tutoya,° et pour le réconforter, nous nous mîmes tous les trois à préparer bien vite un autre punch. Le voleur, tranquille dans son fauteuil, nous regardait. Quand le punch fut prêt, on lui tendit un verre; nous lui aurions volontiers soutenu la tête, et on trinqua.°
Le prisonnier but autant qu'un régiment. Mais comme le jour commençait à paraître, il se leva et dit d'un air fort calme: "Je vais être obligé de vous quitter, parce qu'il faut que je rentre chez moi."

Nous fûmes désolés; on voulait le retenir encore, mais il se refusa à rester plus longtemps.

Alors on se serra la main, et Sorieul avec sa bougie, l'éclaira dans le vestibule, criant: "Prenez garde à la marche sous la porte d'entrée."

On riait franchement autour du conteur. Il se leva, alluma sa pipe, et il ajouta en se tournant vers nous:

"Mais le plus drôle de mon histoire, c'est qu'elle est vraie."

ivrogne, personne qui boit excessivement

tutoyer, dire "tu" en parlant à une personne

trinquer, faire toucher son verre avec celui d'un autre avant de boire

La Ficelle

par Guy de Maupassant

I

Sur toutes les routes autour de Goderville, les paysans et leurs femmes allaient vers le village; car c'était le jour du marché. Les mâles allaient, à pas tranquilles, tout le corps en avant de chaque mouvement de leurs longues jambes torses.° Ces hommes furent déformés par les rudes travaux, par la pesée° sur la charrue° qui fait en même temps monter l'épaule gauche et dévier° la taille,° par le fauchage° des blés qui fait écarter° les genoux pour prendre un aplomb° solide, par toutes les besognes lentes et pénibles de la campagne. Leur blouse bleue, empesée,° brillante, comme vernie, ornée° au col et aux poignets° d'un petit dessin de fil° blanc, gonflée° autour du torse osseux,° semblait un ballon prêt à s'envoler, d'où sortait une tête, deux bras et deux pieds.

Les uns tiraient au bout d'une corde une vache, un veau.° Et leurs femmes, derrière l'animal, le fouettaient° d'une branche encore garnie de feuilles, pour hâter° sa marche. Elles portaient au bras de larges paniers d'où sortaient des têtes de poulets par-ci, des têtes de canards par-là. Elles marchaient d'un pas plus court° et plus vif que leurs hommes, la taille drapée dans un petit châle, épinglé° sur leur poitrine plate, la tête enveloppée d'un linge blanc, collé° sur les cheveux, et surmonté d'un bonnet.

Puis, un char-à-bancs° passait, au trot saccadé° d'un petit cheval, secouant° étrangement deux hommes assis côte à côte° et une femme dans le fond du véhicule dont elle tenait le bord° pour atténuer les durs cahots.°

torses (crooked)

pesée, pression
charrue (plough)
dévier (to put out of normal position)
taille (waist)
fauchage (mowing)
écarter, séparer
aplomb, équilibre

empesée (starched)
ornée, décorée
poignet (wrist)
fil (thread)
gonflée (blown up)
osseux (bony)
veau, le petit de la vache
fouetter (to whip)
hâter, accélérer
court, pas long
épinglé (pinned)
collé (stuck)
char-à-bancs (horse-drawn omnibus):
saccadé, brusque
secouer (to shake)
côte à côte, l'un à côté de l'autre
bord, côté
cahots (bumps)

Sur la place de Goderville, c'était une foule, une cohue° d'humains et de bêtes° mélangés.° Les cornes° des bœufs, les hauts chapeaux des paysans riches et les coiffes des paysannes émergeaient à la surface de l'assemblée. Et les voix criardes° des paysans formaient une clameur continue et sauvage que dominait parfois un grand éclat° poussé par la robuste poitrine d'une campagnarde en gaieté, ou le long meuglement° d'une vache attachée au mur d'une maison.

Tout cela sentait l'étable, le lait et le fumier,° le foin° et la sueur,° odeur affreuse, humaine, bestiale, particulière aux gens des champs.

Maître Hauchecorne, de Bréauté, venait d'arriver à Goderville, et il se dirigeait vers la place, quand il aperçut par terre un petit bout de ficelle.° Maître Hauchecorne, économe en vrai Normand, pensa que tout était bon à ramasser° qui peut servir; et il se baissa péniblement, car il souffrait de rhumatismes. Il prit, par terre, le morceau de corde mince,° et il se disposait à le rouler° avec soin,° quand il remarqua, sur le seuil° de sa porte, maître Malandin, le bourrelier,° qui le regardait. Ils avaient eu des affaires ensemble° au sujet d'un licol,° autrefois, et ils étaient restés fâchés, étant rancuniers° tous les deux.

Maître Hauchecorne fut pris d'une sorte de honte° d'être vu ainsi, par son ennemi. Il cacha brusquement sa trouvaille° dans la poche de son pantalon, puis il fit semblant de chercher encore par terre quelque chose qu'il ne trouvait point,° et il s'en alla vers le marché, la tête en avant, courbé° en deux par ses douleurs.

Il se perdit aussitôt dans la foule criarde et lente,° agitée par les interminables marchandages.° Les paysans tâtaient° les vaches, s'en allaient, revenaient, perplexes, toujours dans la crainte d'être mis dedans,° n'osant jamais se décider, épiant° l'œil du vendeur, cherchant sans fin à découvrir la ruse de l'homme et le défaut de la bête.

Les femmes avaient posé à leurs pieds leurs grands paniers et avaient tiré leurs volailles° qui étaient maintenant par terre, attachées par les pattes.

Elles écoutaient les propositions, maintenaient leurs prix, le visage impassible, ou bien tout à coup, se décidant d'accepter le prix offert par l'acheteur, criaient au client qui s'éloignait lentement:

cohue, multitude
bêtes, animaux
mélangés (mixed)
corne (horn)

criardes, qui crient

éclat (burst)
meuglement, cri d'un bœuf ou d'une vache

fumier (manure)
foin (hay)
sueur (perspiration)

bout de ficelle (bit of string)
bon à ramasser (worth picking up)
mince, pas gros
le rouler (roll it up)
soin, précaution
seuil (doorstep)
bourrelier (harness-maker)
avaient eu des affaires ensemble, s'étaient disputés
licol (halter)
rancunier (one who bears a grudge)
honte, humiliation
trouvaille, découverte
point, pas

courbé (bent)

lente, qui n'agit pas promptement
marchandage, discussion pour obtenir un meilleur prix
tâter, sentir avec les mains
mis dedans (taken in)
épier, observer secrètement

volailles, oiseaux de la ferme

—C'est dit, maître Anthime. J'vous l'donne.°   *l'donne,* le donne

Puis, peu à peu, la place se dépeupla, et l'Angélus sonnant midi, ceux qui demeuraient trop loin s'en allèrent aux auberges.°

auberge (inn)

Chez Jourdain, la grande salle était pleine° de mangeurs, comme la vaste cour était pleine de véhicules de toute race, charrettes,° cabriolets, chars-à-bancs, tilburys, carrioles° innombrables, jaunes, déformées, rapiécées,° levant au ciel, comme deux bras, leurs brancards,° ou bien le nez par terre et le derrière en l'air.

charrette (cart)
carriole (light cart)
rapiécé (patched up)
brancard (shaft)

Tout près des dîneurs attablés, l'immense cheminée, pleine de flamme claire, jetait une chaleur vive dans le dos de la rangée° de la droite. Trois broches tournaient, chargées de poulets, de pigeons et de gigots;° et une délectable odeur de viande rôtie allumait les gaietés,° mouillait° les bouches.

rangée (row)

gigot (leg of lamb)
gaieté, bonne humeur
mouiller, rendre humide

Toute l'aristocratie de la charrue mangeait là, chez maître Jourdain, aubergiste et maquignon,° un malin° qui avait de l'argent.

maquignon, marchand de chevaux
malin, personne rusée

Les plats passaient, se vidaient comme les verres de cidre. Chacun racontait ses affaires, ses achats et ses ventes.

Tout à coup, le tambour roula,° dans la cour, devant la maison. Tout le monde aussitôt fut debout, sauf° quelques indifférents, et on courut à la porte, aux fenêtres, la bouche encore pleine et la serviette à la main.

le tambour roula (the drum rolled)
sauf, à l'exception de

Après qu'il eut terminé son roulement, le crieur public° cria d'une voix saccadée,° scandant° ces phrase à contre temps:°

—Il est fait savoir aux habitants de Goderville, et en général à toutes—les personnes présentes au marché, qu'il a été perdu ce matin, sur la route de Beuzeville, entre—neuf et dix heures, un portefeuille en cuir° noir, contenant cinq cents francs et des papiers d'affaires. On est prié de le rapporter—à la mairie,° ou chez maître Fortuné Houlbrèque. Il y aura vingt francs de récompense.°

crieur public (town-crier)
voix saccadée (staccado voice)
scandant (punctuating)
à contre temps (at the wrong time)

cuir (leather)

mairie (town hall)

récompense (reward)

Puis l'homme s'en alla. On entendit encore une fois les battements sourds° de l'instrument et la voix du crieur.

sourds (hollow)

Alors on se mit à parler de cet événement en énumérant les chances qu'avait maître Houlbrèque de retrouver son portefeuille.

II

On finissait le café, quand le brigadier de gendarmerie° parut sur le seuil.

Il demanda :

—Maître Hauchecorne, de Bréauté, est-il ici?

—Me v'là.°

Et le brigadier reprit :

—Maître Hauchecorne, voulez-vous avoir la complaisance° de m'accompagner à la mairie. M. le maire° voudrait vous parler.

Le paysan, surpris, inquiet, avala° d'un coup son petit verre, se leva, plus courbé encore que le matin, car les premiers pas après chaque repas étaient particulièrement difficiles, il se mit en route en répétant :

—Me v'là.

Et il suivit le brigadier.

Le maire l'attendait, assis dans un fauteuil. C'était le notaire de l'endroit, homme gros, grave, à phrases pompeuses.

—Maître Hauchecorne, dit-il, on vous a vu ce matin ramasser sur le route de Beuzeville, le portefeuille perdu par Maître Houlbrèque, de Mannerville.

Le campagnard, surpris, regardait le maire, effrayé déjà par le soupçon° qui pesait sur lui, sans qu'il comprit pourquoi.

—Mée, mé,° j'ai ramassé çu° portefeuille!

—Oui, vous-même.

—On m'a vu, mé? Qui m'a vu?

—M. Malandin, le bourrelier.

Alors le vieux se rappela, comprit et rougissant de colère :

—Ah! I° m'a vu, çu manant° I m'a vu ramasser c'te ficelle-là, m'sieu le maire.

Et cherchant au fond de ses poches, il en retira le petit bout de corde.

Mais le maire, incrédule, remuait la tête.

—Vous ne me ferez pas croire, maître Hauchecorne, que M. Malandin, qui est un homme digne de foi,° a pris ce fil pour un portefeuille.

Le paysan, furieux, leva la main, cracha° de côté pour attester son honneur, répétant :

—C'est pourtant la vérité du bon Dieu, la sainte vérité, m'sieu

brigadier de gendarmerie (police corporal)

v'là, voilà

complaisance, gentillesse

maire (mayor)

avaler (to swallow)

soupçon (suspicion)

Mée, mé, moi
çu, ce

I, Il
manant, vilain

digne de foi (worthy of credit)

cracher, projeter la salive hors de la bouche

le maire. Là, sur mon âme° et mon salut, je l'répète.

Le maire reprit:

Après avoir ramassé l'objet, vous avez même encore cherché longtemps dans la boue,° si quelque pièce de monnaie ne s'en était pas échappée.

Le bonhomme suffoquait d'indignation et de peur.

—Si on peut dire! . . . si on peut dire . . . des menteries° comme ça pour dénaturer un honnête homme! Si on peut dire!. . .

Il eut beau° protester, on ne le crut pas.

Il fut confronté avec M. Malandin, qui répéta et soutint son affirmation. Ils s'injurièrent° une heure durant. On fouilla,° sur sa demande, maître Hauchecorne. On ne trouva rien sur lui.

Enfin, le maire, fort perplexe, le renvoya en le prévenant° qu'il allait aviser° le parquet° et demander des ordres.

âme (soul)

boue (mud)

menterie, mesonge, ce qui n'est pas la vérité

avoir beau, faire quelque chose en vain
s'injurier, se dire des insultes
fouiller, chercher dans les poches
prévenir (to warn)
aviser, notifier
parquet (public prosecutor's office)

III

La nouvelle s'était répandue.° A la sortie de la mairie, le vieux fut entouré, interrogé avec curiosité, sérieuse ou moqueuse, mais où n'entrait aucune indignation. Et il se mit à raconter l'histoire de la ficelle. On ne le crut pas.

On lui disait:

—Vieux malin, va!

Et il se fâchait, s'exaspérant de n'être pas cru, ne sachant que faire, et contant toujours son histoire.

La nuit vint. Il fallait partir. Il se mit en route avec trois voisins à qui il montra la place où il avait ramassé le bout de corde; et tout le long du chemin il parla de son aventure.

Le soir, il fit une tournée° dans le village de Bréauté, afin de la dire à tout le monde. Il ne rencontra que des incrédules.

Il en fut malade.

Le lendemain, vers une heure de l'après-midi, Marius Paumelle, valet de ferme° de maître Breton, cultivateur à Ymauville, rendait le portefeuille et son contenu à maître Houlbrèque, de Manneville.

Cet homme prétendait avoir, en effet, trouvé l'objet sur la route; mais ne sachant pas lire, il l'avait rapporté à la maison et donné à son patron.

La nouvelle se répandit aux environs. Maître Hautecorne en

se répandre (to spread around)

crut (believed)

fit une tournée (made the rounds)

valet de ferme (farmhand)

fut informé. Il se mit aussitôt en tournée et commença à narrer son histoire complétée du dénouement.° Il triomphait.

—C'qui m'exaspérait, disait-il, c'est point tant la chose, comprenez-vous; mais c'est la menterie. Y a° rien comme d'être en réprobation pour une menterie. Le jour il parlait de son aventure, il la contait sur les routes aux gens qui passaient, au cabaret aux gens qui buvaient, à la sortie de l'église le dimanche suivant. Il arrêtait des inconnus pour la leur dire. Maintenant il était tranquille, et pourtant quelque chose le gênait° sans qu'il sût au juste° ce que c'était. On avait l'air de plaisanter en l'écoutant. On ne paraissait pas convaincu. Il lui semblait sentir des propos° derrière son dos.

Le mardi de l'autre semaine, il se rendit au marché de Goderville, uniquement poussé par le besoin de conter son cas.

Malandin, debout sur sa porte, se mit à rire en le voyant passer. Pourquoi?

Il aborda° un fermier de Criquetot, qui ne le laissa pas achever et, lui jetant une tape° dans le creux de son ventre, lui cria à la figure: "Gros malin,° va!" puis lui tourna le talons.°

Maître Hauchecorne demeura de plus en plus inquiet. Pourquoi l'avait-on appelé "gros malin"?

Quand il fut assis à table dans l'auberge de Jourdain, il se remit à expliquer l'affaire.

Un maquignon de Montvilliers lui cria:

—Allons, allons, vieille pratique,° je la connais ta ficelle!°

—Puisqu'on l'a retrouvé, çu portefeuille!

Mais l'autre reprit:

—Tais-té,° mon pé, y en a un qui trouve il y en a un qui r'porte.° Ni vu ni connu.°

Le paysan resta suffoqué. Il comprenait enfin. On l'accusait d'avoir fait reporter le portefeuille par un complice.

Il voulut protester. Toute la table se mit à rire.

Il ne put achever son dîner et s'en alla au milieu des moqueries.

Il rentra chez lui, honteux et indigné par la colère, par la confusion, d'autant plus atterré° qu'il était capable, avec sa finauderie° de Normand, de faire ce dont on l'accusait, et même de s'en vanter° comme d'un bon tour.° Son innocence lui apparaît confusément comme impossible à prouver, sa malice étant connue. Et il se sentait frappé au cœur par l'injustice du soupçon.

dénouement, solution d'une affaire

Y a, il n'y a

le gênait, le troublait
sans qu'il sût (without him knowing)

propos, paroles

aborda, accosta
lui jetant une tape (poking him)
Gros malin (smart aleck)
lui tourna les talons (turned his back to him)

pratique (practice, trick)
ficelle (trick, or string)

tais-té, tais-toi
r'porte, reporte
ni vu ni connu (seen nothing, know nothing)

atterré, consterné
finauderie (cunningness)
se vanter (to brag)
tour (trick)

Alors il commença à conter l'aventure en allongeant chaque jour son récit,° ajoutant chaque fois des raisons nouvelles, des protestations plus énergiques, des serments plus solennels qu'il imaginait, qu'il préparait dans ses heures de solitude, l'esprit uniquement occupé de l'histoire de la ficelle. On le croyait d'autant moins que sa défense était plus compliquée et son argument plus subtile.

—Ça, c'est des raisons de menteurs, disait-on derrière son dos.

Il le sentait, se lamentait, s'épuisait° en efforts inutiles.

Il dépérissait° à vue d'œil.°

Les plaisants° maintenant lui faisaient conter "la Ficelle" pour s'amuser, comme on fait conter sa bataille au soldat qui a fait campagne. Son esprit, atteint à fond, s'affaiblissait.

Vers la fin de décembre, il s'alita.°

Il mourut dans les premiers jours de janvier, et dans le délire de l'agonie, il attestait son innocence, répétant:

—Une 'tite° ficelle . . . une 'tie° ficelle . . . t'nez, là voilà, m'sieu le maire.

récit (account)

s'épuiser, s'affaiblir
dépérir, s'épuiser
à vue d'œil, d'une manière visible
plaisant, celui qui cherche à faire rire

s'aliter, se mettre au lit

'tite, 'tie, petite

NTC FRENCH INTERMEDIATE CULTURE TEXTS AND MATERIAL

Contemporary Life and Culture
Un jour dans la vie
Face-à-face
Lettres de France
Lettres des provinces
Réalités françaises
Les jeunes d'aujourd'hui
Tour du monde francophone series
    Promenade dans Paris
    Zigzags en France
    Visages du Québec
    Images d'Haïti

Contemporary Culture—in English
The French-Speaking World
Welcome to Europe
Focus on Europe Series
    France: Its People and Culture
    Belgium: Its People and Culture
    Switzerland: Its People and Culture
Life in a French Town
French Sign Language
Getting to Know France
Christmas in France

Civilization and History
Un coup d'oeil sur la France
Les grands hommes de la France

Literary Adaptations
Les trois mousquetaires
Le comte de Monte-Cristo
Candide ou l'optimisme
Tartarin de Tarascon
Colomba
Le voyage de Monsieur Perrichon
Le Capitaine Fracasse
Contes romanesques
Six contes de Maupassant
Pot-pourri de littérature française
Carmen Culture Unit
Variétés
Histoires célèbres
Le rouge et le noir
Pages choisies
Eugénie Grandet
Comédies célèbres
Cinq petites comédies
Trois comédies de Courteline
The Comedies of Molière

Cross-Cultural Awareness
Rencontres culturelles
Vive la France!
Noël

For further information or a current catalog, write:
National Textbook Company
a division of *NTC Publishing Group*
4255 West Touhy Avenue
Lincolnwood, Illinois 60646-1975 U.S.A.